Le garçon
qui volait des avions

Graphisme : Dorothy-Shoes.

Élise Fontenaille

Le garçon
qui volait des avions

doAdo

AU ROUERGUE

À Gaspard et Rémi,
à Colton Harris-Moore,
aux enfants perdus.

Le hangar

Un hangar, sur l'île d'Orcas, un petit aérodrome
perdu au milieu de nulle part, entre Seattle et
Vancouver, seuls le Pacifique et la rain forest…
On n'y voit rien, l'ombre d'un petit avion,
on entend l'océan au loin,
une voix d'enfant résonne dans le noir.

" Tout à l'heure j'ai fait un cauchemar, toujours le même :
j'ai rêvé que mon père m'étranglait.

D'habitude, je me réveille toujours avant qu'il y arrive.
Mais là, il allait jusqu'au bout, il y arrivait, et moi j'étais
tout petit comme un oiseau mouillé, je me débattais entre
ses mains énormes, je voyais son visage tout rouge, je
l'entendais hurler des mots horribles, comme ceux qu'il
a hurlés cette nuit-là…

Je me voyais mourir, je sentais ma vie filer par la gorge, j'avais la langue noire, je respirais en sifflant... J'étais en train de mourir, mon père m'étranglait, ma mère n'était pas là pour l'en empêcher, comme dans la vraie vie... Une sacrée chance, qu'elle se soit réveillée en pleine nuit... Sans ça, je ne serais pas ici à vous raconter ma vie, en attendant de prendre les commandes du Cessna...

J'avais trois ans la nuit où c'est arrivé : mon plus vieux souvenir. Je m'en serais bien passé, de celui-là... C'est la dernière fois que j'ai vu mon géniteur. Après cette nuit terrible, ma mère l'a foutu dehors, on n'en a plus jamais entendu parler.

Je ne l'ai pas regretté... J'ai tout fait pour l'effacer de ma vie, comme s'il n'avait jamais existé... Mais il revient dans mes cauchemars.

Ma mère, après, elle a fait ce qu'elle a pu, mais elle aussi, elle buvait. Pas autant que mon père, mais tout de même... bien trop pour s'occuper d'un môme. Les services sociaux déboulaient sans arrêt, on me plaçait en foyer, je m'évadais dès que je pouvais, je sautais par les fenêtres, je grimpais sur les toits, je filais dans les bois, je rentrais à la caravane...

Dès qu'on me rattrapait, je recommençais : on m'appelait Birdy, celui qui s'envole, celui qu'on ne peut pas enfermer.

L'éduc qui m'avait trouvé ce nom-là m'aimait bien, c'était la seule, les autres ne pouvaient pas m'encadrer.

Un jour, je ne suis pas rentré à la caravane... Je suis resté dans les bois, j'y vis depuis bientôt deux ans : sept cents jours et autant de nuits. C'est les nuits les plus longues, ici... Toujours seul, toujours en cavale, à fuir, à me cacher...

Le nom que je me donne, c'est l'Indien : celui qui sait survivre seul, loin de tout, dans la *rain forest*, sans argent, sans personne, sans famille, sans amis, sans rien... Je suis un Indien.

À vol d'oiseau, on n'est pas loin de Seattle ou de Vancouver, cent miles à peine, mais en vérité, c'est le bout du monde... L'archipel de San Juan, où je suis né, où j'ai grandi, c'est des dizaines d'îles, grandes ou petites, éparpillées sur l'océan comme les perles d'un collier cassé.

Une île, par ici, c'est un pan de forêt encerclé par le Pacifique, des baleines qui passent au loin, quelques belles maisons dispersées, où les riches viennent les week-ends aux beaux jours, chasser, pêcher, tuer le temps, en attendant de rentrer en ville... d'autres moins belles, où des vieux s'ennuient à l'année... et puis quelques mobile-homes, pour les pauvres qui tournent en rond et sont coincés ici à vie, comme Mo et moi... enfin, moi, avant que je prenne mon envol.

Vancouver et Seattle, on m'en a parlé, j'ai vu des photos, mais j'y suis jamais allé.

Pour quoi faire finalement, et avec quel argent ?...

Je vis entre le ciel et la mer, entre la forêt et le bord de l'eau. Je pêche, je chasse, je vole, je cueille des fruits, j'entre dans les maisons de vacances désertes, je me sers, je m'installe, j'ouvre le congélo, je suis heureux comme un roi si je trouve une pizza, je sors mon iBook, je me connecte, je m'évade sur le Net...

Dès que j'entends du bruit dehors, je file, la forêt m'avale, je disparais, j'émerge ailleurs, une autre maison déserte... j'entre par une fenêtre – il y en a toujours de mal fermées dans les maisons d'été... Et je recommence.

J'ai appris à me construire un abri avec presque rien : une bâche, des branches, un bout de corde… Je dors au sec, enfin presque. J'aime le bruit de la pluie sur le plastique tendu… Ça me tient compagnie, ça me berce.

J'ai pas peur des animaux, c'est les hommes que je crains.

Il faut aller vite, toujours, ne jamais s'arrêter longtemps – mon secret, c'est le mouvement : jamais plus de quelques heures au même endroit. Je trace de grands cercles autour de l'endroit qui m'a vu naître, jamais loin de mon île, mais ça, personne ne le sait, même ma mère, je ne lui dis pas où je suis.

Parfois, je lui envoie un message : « Coucou, Mo, c'est moi ! » Avec une photo de ma pomme souriant sous les arbres… Aussitôt je détruis mon adresse mail, j'efface mes traces.

Je vole des voitures, je vole des bateaux… J'ai jamais fait de mal à personne, je vois jamais d'être humain, seulement des animaux… Ours, aigles, saumons, castors, coyotes, putois, ratons laveurs, porc-épic… un orignal, parfois, bramant le soir, levant ses grands bois vers le ciel, appelant la femelle… Dès que j'entends une voix, un pas, un bruit de moteur, dès que je vois un phare, je m'enfuis.

Je vis toujours dans le noir, je m'éclaire à la bougie, je sais bien qu'une fenêtre éclairée dans l'obscurité pourrait me faire repérer, et adieu la liberté.

Tout le monde me cherche ici… Je dors un bout de nuit quelque part, je repars, je dors d'un œil, je disparais, toujours en mouvement, courant, marchant, nageant, au volant d'une voiture que je laisse au bord d'une route – j'ai un faible pour les belles bagnoles : entre un vieux 4 x 4 pourri et un modèle de luxe, je choisis toujours la plus belle… J'ai jamais appris, mais je sais conduire, j'ai regardé ma mère, à dix ans je savais : rouler c'est la liberté.

Les bateaux c'est pareil, j'aime surtout les hors-bord, la vitesse, seul sur l'eau à toute allure, je déchire les flots, combien de bateaux j'ai laissés, avec un petit mot : merci bien et pardon pour l'emprunt… Mes petits mots polis, c'est ça qui les rend fous les gens, ils croient que je fais ça exprès pour les narguer, ils n'ont pas tort… J'abandonne le hors-bord, je tourne le dos à l'océan, j'entre dans la forêt, je disparais.

Vingt-quatre mois, sept cents jours, autant de nuits.

Je ne sais plus ce qui est le plus long, finalement : le jour ou la nuit ? Je vis caché dans l'ombre des grands arbres, même en plein jour ici il fait sombre, je m'assieds au milieu d'une clairière, dans une flaque de soleil, les aigles m'épient, je regarde les avions rayer le ciel, j'attends le jour où moi aussi je grifferai les nuages… Dans le silence de ma tête, je m'appelle Aigle noir.

Parfois je parle tout seul, pour me sentir moins seul.

Depuis combien de temps n'ai-je pas parlé à quelqu'un ?

Je suis devenu une ombre, l'ombre d'un animal.

Parfois, j'en ai assez. Souvent même, dès que je m'arrête un peu trop longtemps. Mon salut, c'est le mouvement ; quand je trace, je ne pense pas.

Je souhaite qu'il ne s'arrête jamais, ce silence. Le jour où je parlerai à quelqu'un, ce sera à un flic, un avocat, un juge, et pour finir, un gardien de prison : les lourdes portes se refermeront sur moi, avec un bruit de tombe.

Je l'entends déjà... Ça me donne des ailes.

Avant de partir en cavale, je tombais souvent dans de sacrés trous noirs. Profonds, profonds... Ça durait parfois des mois... De longs mois terribles, sombres, sombres...

Dépression, ils appelaient ça, au foyer.

Depuis que je suis parti, ça m'arrive rarement.

Plus de trous noirs, juste des flaques, de temps en temps. Quand ça m'attrape, la vie en gris, je repars, et ça va.

J'ai bien fait, maman... Tu sais bien, toi, que je n'avais pas le choix... C'est ma vie qui veut ça. C'est à cause de mes cauchemars, tu sais : ces deux mains sur ma gorge, qui serrent, qui serrent... et toi qui tardes tant à venir, maman.

Le Cessna et moi, on sera loin quand le gardien de l'aérodrome ouvrira la porte du hangar.

Sur le terrain d'aviation, la nuit, il n'y a jamais personne. J'ai passé huit jours en repérage, planqué sous les branches, à rôder, à épier, à mater à la jumelle... Pas même un type qui tourne avec ses chiens. Avant, il y en avait un, il passait de temps en temps, avec son pitbull, mais maintenant il ne vient plus, personne n'aurait l'idée de voler un avion sur une île... Ici, c'est tranquille, trop tranquille.

J'ai étudié le manuel de pilotage automatique toute la nuit. C'est pas sorcier, je suis sûr d'y arriver. Je devrais dormir un peu avant que le jour se lève, ça peut durer longtemps, un vol... Je devrais dormir, mais j'y arrive pas : ça fait tellement longtemps que j'attends ce moment... Depuis que les flics m'ont ramené dans leur bagnole sirène hurlante, menotté comme un assassin, il y a sept ans… Ils m'ont débarqué devant le camping-car cabossé de ma mère, mon beau vélo dans le coffre : ils étaient sûrs qu'un si beau vélo pour un môme comme moi, avec le genre de mère que j'avais, dans la caravane où on vivait… ils étaient sûrs que je l'avais volé à un de ces foutus gosses de riches… sûrs que j'avais braqué une de ces belles baraques planquées sous les arbres, avec plage privée, hangar à bateaux, et trop beaux vélos…

En chemin, les voisins nous regardaient… Elle est pas grande, l'île. Ici tout le monde se connaît… Déjà qu'on avait une sale réputation, ma mère et moi… Là, ils hochaient la tête, debout devant leur porte, l'air de dire : « Ah ! on l'a enfin pincé, ce sale petit voleur, on le ramène à sa chienne de mère… »

Ils avaient envie qu'on disparaisse : on faisait tache, sur l'île, elle et moi…

Eh bien non, ils se sont plantés : mon vélo, Mo me l'avait offert avec son argent, celui qu'elle avait gagné en faisant la serveuse tout l'été, pour me faire une surprise… que j'aie enfin un vrai Noël, comme les autres gosses.

Ce vélo, j'en rêvais depuis des années… Du jour où je l'ai eu, je n'ai fait que rouler, rouler, rouler… J'allais à l'école un jour sur deux, quand ça me plaisait. Sur mon vélo, je me sentais libre. Dans les descentes, j'avais l'impression de voler… Le vent sifflait à mes oreilles, je me prenais pour une fusée.

À l'école, je me suis toujours senti enfermé, j'avais l'impression d'être en prison, je comptais les jours jusqu'à ma libération.

Le jour où les flics m'ont ramené à la caravane… j'avais huit ans, bon Dieu ! Tu réalises ? Huit ans ! Je n'étais rien qu'un môme… C'est ce matin-là que tout a basculé. Dans leur bagnole, menotté comme un criminel, mon vélo dans le coffre, j'ai juré de me venger, de faire la guerre aux flics, de tout faire pour leur pourrir la vie… Là, on peut dire que j'ai réussi.

Ils sont des douzaines à mes trousses, même le FBI s'y est mis. Cinq mille dollars de récompense à qui arrêtera le voleur aux pieds nus… C'est le surnom qu'ils m'ont donné.

Je les rends tous enragés, et ça ne fait que commencer…

Aujourd'hui, ça y est, je vais enfin voler pour de vrai…

Depuis le temps que j'en rêve…

Finis, les cauchemars !

Ah, si mon foutu père pouvait me voir !

Tu n'as pas réussi à me tuer, salopard, t'as essayé, mais t'as raté ton coup. Regarde-moi bien, maintenant : je vais m'envoler.

Depuis que je suis tout môme, je regarde les avions se poser sur le terrain d'aviation en face de la maison, sur l'île voisine. Depuis que je suis tout môme, je me dis : « Un jour, vous verrez, je vous filerai sous le nez… »

Ça y est, ce jour est arrivé. **99**

Le Cessna

Enfin, le jour se lève,
le ciel devient rose et vert,
la lumière toute dorée.

Colt soulève le rideau de fer rouillé, il essaie de faire le moins de bruit possible... Il a beau y aller doucement, il fait un foutu vacarme, ce putain de rideau de fer, quand Colt le hisse, à bout de bras, de toutes ses forces... Pourvu que personne ne l'entende, pourvu que le gardien ne rapplique pas... Le bruit résonne dans sa tête comme tous les fracas de l'enfer : il n'en finit pas, ce maudit rideau...

Ça y est, en face de lui, il n'y a plus que la piste en terre, lisse, bien dégagée : cinq cents mètres d'un large ruban brun entre les arbres et, au bout, l'océan gris un peu agité, avec les taches roses clignotantes laissées par le soleil levant.

Ça peut paraître long, cinq cents mètres, mais c'est très court, en fait...

– Plante-toi pas, Colt, il se dit à lui-même. Sinon tu tombes à l'eau, et là t'es mal : c'est pas un hydravion, le Cessna...

Vite, il remonte dans l'avion, s'installe sur le siège, respire un grand coup, prêt à décoller... Un coup d'œil à sa montre, une vieille montre, avec bracelet en cuir et remontoir, qui fait tic-tac tic-tac tic-tac quand on la pose sur l'oreille, chipée dans une des maisons où il a dormi... Son grand-père en avait une presque pareil, il avait promis de la lui donner, il n'en a pas eu le temps. Alors Colt s'est servi, il a laissé un petit mot pour dire merci. La nuit, le tic-tac lui tient compagnie.

5 h 55 : les trois aiguilles – les heures, les minutes, les secondes – sont rangées sur le même chiffre, bien alignées : la grande, la moyenne, la petite... Colt aime cette heure-là, c'est l'heure rêvée pour s'envoler.

Il respire un grand coup, fixe le bleu du ciel, droit devant lui, actionne les commandes : le moteur démarre, l'avion bondit. Colt appuie sur la pédale, l'hélice s'affole, le moteur vrombit... L'aiguille atteint les cent kilomètres heure, un léger sursaut, et il quitte la piste... Ça y est, le Cessna a décollé.

Le ventre rouge du petit avion laisse la terre loin derrière lui, les ailes blanches luisent dans le soleil ; en bas, l'océan s'éloigne, on voit l'ombre de l'avion à la surface de l'eau.

D'un peu loin, il ressemble vraiment à un jouet d'enfant, le Cessna, un modèle réduit, le genre de coucou à hélice et queue plate qu'on dessine au crayon de couleur quand on est môme… À part que celui-là, Colt est dedans.

La forêt n'est plus qu'une immense tache verte bordée de bleu… Colt vole vers le sud.

Il sait qu'il a huit heures d'autonomie, le réservoir est plein, il a vérifié… De longues heures à planer en plein ciel.

Fou de joie, Colt se met à hurler ; il pousse un long hurlement de coyote, se voit dans la vitre…

– Libre ! Je suis libre !

C'est ce qu'il crie, avant de se calmer : vu ce qui l'attend, mieux vaut rester concentré. L'atterrissage, il préfère ne pas y penser, pas pour le moment, ça lui gâcherait sa joie, il a du temps pour s'y préparer. Il sait bien qu'il peut se crasher, il sait bien qu'il peut y rester. À la limite, décoller, c'est facile, il suffit d'actionner les bons boutons, suivre les instructions du pilote automatique… Mais atterrir… C'est là qu'il se prouvera ce qu'il vaut : au moment d'amorcer sa descente, juste avant de toucher terre. Il ne sait pas encore où, bien sûr… Il n'a pas encore décidé, il improvisera, en fonction de ce qu'il voit en bas, comment se comporte le Cessna… Au premier hoquet, panne d'essence, manque d'huile, d'eau, fatigue du moteur… il pointe vers le bas.

En attendant, ils lui servent drôlement, les jeux de simulations de vol que Mo lui a offerts pour ses neuf ans… Il ne pensait pas que c'était aussi fidèle à la réalité… Il en a passé, des heures, devant ses putains de jeux… Il était loin de se douter qu'il apprenait vraiment à piloter… Du coup, il se retrouve en terrain connu : les commandes, les gestes, tout est pareil, ou presque…

Le soleil est déjà haut dans le ciel, d'un bleu presque transparent. Il traverse des lambeaux de nuages tout illuminés… C'est comme le plus fou des rêves, le plus beau des rêves, à part que c'est vrai… Les commandes entre les mains, bien campé sur son siège en cuir, il ne sent pas le temps passer. Mais le temps passe, pourtant…

Pour être sûr de ne pas se perdre, il suit la côte : la ligne claire qui sépare la forêt du Pacifique, parfois une ville, un amas gris, qui s'estompe vite, mais pas souvent. Des villes, par ici, il y en a peu, finalement…

Il a la carte sur ses genoux, déployée, il l'a bien étudiée, à peine besoin d'y jeter un œil, il connaît le trajet, il a dépassé Seattle depuis longtemps, la grande ville est loin derrière…

Il se sent bien, à l'aise, cool. Comme si voler, il le faisait depuis toujours, comme s'il était né dans un avion…

Sa vitesse est stable : 120 km/h, sa hauteur aussi : 2 000 mètres… Le ciel est serein, calme, c'est dimanche, on est encore le matin… La forêt s'épaissit, le vert est de plus en plus sombre, les longues plages claires ont fait place à des criques… Le bleu de l'océan est profond, par endroits presque noir…

Voilà que soudain, le vent se lève, un vent puissant, qui ne le lâche pas… Le Cessna vibre, se déporte, se cabre… Colt a compris le message : la fête est finie, il va falloir atterrir, plus vite qu'il ne le voudrait. Il avise une longue trace claire, en bas ; on distingue des baraques éparses, quelques maisons… Le vent se fait de plus en plus fort, le rabat où il ne veut pas aller. Il mesure la fragilité du Cessna, il sent qu'il n'est rien, un oiseau égaré, qu'une bourrasque peut plaquer au sol et écraser…

— C'est le moment ou jamais d'être malin, Colt, se dit-il…

D'instinct, il sent ce qu'il doit faire, il a les bons réflexes… Malgré les vents contraires qui viennent de l'océan, et se jouent de lui, comme des enfants violents qui se lancerait un chat vivant, il amorce sa descente, un peu raide, trop rapide, mais tout de même… La terre se rapproche… trop vite, trop vite… Attention aux arbres là-bas, la forêt est plus près qu'il ne le voudrait… La terre grise vient trop vite, beaucoup trop vite !

Il parvient à se redresser un peu, à peine… amorce une courbe, se prépare au choc… Moins violent que ce qu'il redoute, mais plus fort que ce qu'il aurait voulu… Le Cessna se pose, bondit, se pose, rebondit… atterrit en faisant un drôle de bruit, des zigzags dans la prairie… Les mottes volent, il laboure le sol avec ses roues… L'avion pique du nez, craque, pile…

Colt veut sortir, la porte résiste, elle est bloquée.

Il donne un grand coup d'épaule, atterrit le cul par terre, devant une bande d'ados éberlués, en train de fumer, assis sur des bidons.

À voir la tête des jeunes, tout bruns, dépenaillés, l'allure un peu glauque de l'endroit, il a tout de suite pigé : il est dans une réserve indienne.

Il s'approche d'une jolie fille aux cheveux courts, tout en jean, avec un grand sourire :

— Salut ! Je suis où, là ?

— Réserve de Yakama. Et toi, tu sors d'où ?

Il fait un signe de la main, vers le nord, regarde le drôle d'état du Cessna, se mord les lèvres, sourit.

– Je m'appelle Colt. J'ai faim. Tu sais où je peux trouver à manger ? J'ai rien mangé depuis hier soir, le vol, ça creuse !

– Tu m'étonnes…

Elle sort un paquet de biscuits de son sac :

– Désolé, c'est tout ce que je peux te donner…

Une voiture fonce vers eux, deux hommes en sortent, courent vers le Cessna…

– Tire-toi ! C'est les flics de la réserve ces deux-là…

Colt cache le paquet de biscuits dans son blouson, et disparaît dans la forêt, laissant le Cessna en plan, déglingué, la porte grande ouverte, qui oscille dans le vent. Il a juste eu le temps d'attraper son sac avant de détaler.

Avant de glisser sous les branches, il entend la voix de la fille :

– Je m'appelle Eden !

Et pour elle-même :

– C'est décidé : demain, j'arrête de fumer.

Elle tire une dernière taffe, les yeux rêveurs, perdus sur la forêt, avant de jeter le mégot sur le sol, et de l'écraser sous sa botte.

Les deux flics, interdits, regardent l'avion, les mains sur les hanches :

– C'est quoi, cet engin ? D'où il sort, ce gosse ? Tu le connais, Eden ?

La fille hausse les épaules, les regarde à peine :

– Tombé du ciel.

Tombé du ciel

Colt, assis sur un rocher
(un paquet de biscuits à ses pieds).
Un écureuil noir l'observe, s'approche,
se glisse dans le paquet, en ressort avec un biscuit
qu'il dévore un peu plus loin,
sous l'œil amusé de Colt…
Depuis qu'il est en cavale,
les animaux sont ses seuls compagnons.
Ils manquent un peu de conversation, mais bon…

❝ Le coup du Cessna, c'était tellement fort.

Après ça, voler des avions, je pouvais plus m'en passer…

Les hors-bord, les belles bagnoles… Tout ce qui me faisait vibrer avant, ça ne m'intéressait plus. Bien sûr, j'ai continué, mais pas seulement pour me déplacer, plus par goût du jeu… Le défi, la guerre aux flics, c'est ça qui m'excite…

Je suis remonté vers le nord, je dormais dans la forêt, je traversais des maisons d'été… À force, l'hiver est arrivé : pluie, pluie, pluie… Il fallait bien que je dorme à l'abri… Dormir dans la forêt, ça allait aux beaux jours, mais là… Je restais parfois deux nuits dans la même maison, j'ai même allumé la lumière, une fois, j'aurais pas dû… J'ai pris un bain, quelqu'un est venu, même pas eu le temps de le voir… À peine il a ouvert la porte, j'ai filé à poil par la fenêtre.

Je trouvais parfois les cartes bleues laissées par les proprios, je copiais les codes, je remettais tout en place, et je m'en servais en loucedé. Je passais des commandes en ligne, j'arrivais même à me faire livrer : un scanner pour écouter les flics – ça m'a été bien utile par la suite –, et aussi tout ce qui me faisait plaisir. J'ai envoyé une photo de moi à Mo, entouré de tous les beaux objets que j'avais achetés comme ça, tout ce qu'elle et moi, on n'aurait jamais pu rêver de s'offrir.

Un jour, un shérif m'attendait dans la maison où je devais me faire livrer un super appareil photo. Malgré la traque, je ne voulais pas y renoncer, j'y tenais trop : un numérique tip top… J'ai réussi à me glisser par la fenêtre pendant qu'il dormait, assis dans un fauteuil la bouche ouverte, un fusil posé sur ses genoux. J'ai ôté mes souliers, je suis entré nu-pieds, sur la pointe, pas plus bruyant qu'un chat… J'ai ouvert la boîte aux lettres et pris mon colis… Le temps qu'il se réveille, j'avais filé dans la forêt, mes Converse accrochées à mon cou par les lacets. C'est avec cet appareil que j'ai pris les photos qu'on a vues partout dans les journaux, à la télé, après. Je ne regrette pas d'être entré dans la maison où le shérif m'attendait : je l'ai bien rentabilisé, celui-là. Même la photo sur le T-Shirt, elle vient de là…

Les avions, ça devenait de plus en plus difficile, les gens se méfiaient, ils m'attendaient, mais j'y arrivais tout de même, il y avait toujours une faille quelque part. Je me planquais, je faisais des repérages, et, quelques heures plus tard, je m'envolais…

J'ai réussi à voler un petit hydravion rouge dans les Rocheuses… J'ai plané tout l'après-midi, je me suis posé le soir sur un lac bleu vert, une couleur fantastique, à vous crever les yeux… J'avais bien préparé mon coup, j'ai amerri en douceur, je connais rien de meilleur que de se poser gentiment sur l'eau… Un grand-père et son petit-fils pêchaient la truite à la mouche, la tête qu'ils ont faite quand ils m'ont vu débouler… Le môme m'a reconnu tout de suite… Il a pointé son doigt vers moi, en tirant la manche de son grand-père : « C'est Colt, pépé, c'est Colt ! Celui dont je t'ai parlé : j'ai vu sa photo à la télé ! Je te jure que c'est lui : le voleur aux pieds nus ! »

C'est là que j'ai compris que j'étais devenu une légende : le voleur aux pieds nus. Je supporte pas d'être enfermé, même mes pieds n'ont jamais supporté les souliers… À l'école déjà, ça me posait problème… Les flics avaient dû relever mes empreintes sur le sol des maisons, dans la poussière ; c'est le surnom qu'ils m'ont donné.

Sinon, sans les traces de mes pieds, comment ils auraient su… Je voyais jamais personne, ou alors de loin, caché sous les branches, à l'abri des fenêtres… Ça me manquait, je voulais signer mes forfaits : que les flics sachent un peu à qui ils avaient à faire, sinon, je faisais tout ça pour rien… J'ai pris une photo de moi devant l'hydravion, et je l'ai envoyée à ma mère.

Un jour, j'ai tapé mon nom sur Google, par hasard, et là, quand j'ai vu le nombre d'entrées… Quelqu'un avait créé une page Facebook à mon nom, en soutien, j'avais déjà 24 563 fans, j'ai pris un pseudo, Birdy, et je suis devenu le 24 564e.

Mes fans – presque tous de mon âge – laissaient des messages sur le mur, des filles me demandaient de les épouser, ou de leur faire des trucs pas possibles, quelqu'un avait fait des T-shirts à mon nom, à 9,99 dollars. J'en ai commandé deux, un rouge et un bleu… Je me suis fait livrer dans une maison, je suis venu les chercher, ni vu ni connu, je les porte un jour sur deux. Comme ça, si jamais j'oublie qui je suis, il me suffira de tirer le tissu sur mon ventre pour me faire une idée : Colton Harris-Moore.

J'ai appris que ma tête avait été mise à prix, un bon prix : 10 000 dollars… Des douzaines de flics étaient à ma poursuite, jour et nuit, à travers tout le pays. À la fin, même le FBI s'y est mis. J'ai dansé de joie, quand j'ai su ça.

En attendant, je n'avais qu'une idée : rejoindre mon île, Orcas. J'y pensais jour et nuit. Je voulais revoir ma mère, aussi. Mais ça, ce ne serait pas évident. Mo et moi, faut bien l'avouer, ça fait longtemps que c'est compliqué. Son goût pour la bouteille n'a rien fait pour arranger les choses, et ça ne s'améliore pas avec les années…

À chaque Noël, elle me promet qu'elle arrête…

Oh, elle tient parole ! Pendant une semaine… Mais au premier de l'an, elle recommence, c'est plus fort qu'elle. **99**

Mo

Assise dans un mobil-home cabossé,
au milieu de nulle part, en pleine forêt, une femme
plus toute jeune, brune, le visage dur, le regard doux,
les yeux très bleus, ceux de Colt, parle d'une voix
éraillée, une clope éteinte entre les doigts,
une bouteille de bière vide devant elle...

❝ Je sais bien. On a dit que tout était de ma faute, à moi, Mo, la mère de Colton, la mère du petit voleur aux pieds nus, l'ennemi public numéro un de la région... Que si je m'en étais mieux occupé, de mon fils, on en serait jamais arrivé là.

C'est vrai, les services sociaux ont souvent débarqué à la maison, il a été placé plus d'une fois en foyer, on n'a pas toujours vécu des moments sereins, lui et moi.

Je voulais bien faire, je l'adore, c'est mon seul enfant, mon soleil... Mais dès que je bois, ça se barre en sucette, je me contrôle plus, je fais des conneries, des choses que je regrette, ou que j'oublie. Souvent, je préfère oublier, ça m'arrange.

N'empêche, quand il m'a envoyé la photo de lui aux commandes du Cessna, celle qu'un de ses fans a imprimée sur des T-shirts, eh bien j'ai été drôlement fière de lui !

Il n'avait jamais pris l'avion de sa vie, mon Colt, pas une seule fois ! Les avions, ça a toujours été sa passion.

Faut pas croire, il m'en donne souvent, des nouvelles. Enfin, une fois par mois. Parfois plus, d'autres moins.

Je reçois un mail, une photo de lui, à chaque fois dans un nouvel endroit, une maison, un campement, toujours différent. Il me montre comment il s'organise : il est très débrouillard, mon Colt, il tient ça de moi.

Tenez, regardez cette photo, comme il est bien installé sous sa bâche, en pleine forêt. Vous en connaissez beaucoup, vous, des mômes de seize ans capables de vivre comme ça, et depuis deux ans ! Regardez son message, aussi : « Maman, t'as vu comment je leur ai mis la guerre, aux flics ! »

Elle se tape les cuisses, elle rit, ouvre une nouvelle bière.

– Il m'a envoyé le lien d'une page Facebook rien que pour lui, où on raconte ses exploits, avec 30 000 fans ! Moi aussi, je suis une fan de mon fils sur FB... Il est recherché par toutes les polices du pays, il est devenu célèbre, mon fils, une star ! Un journaliste m'a dit qu'on allait faire un film sur lui, pour raconter ses exploits. Alors, je vous le demande un peu, il aurait mieux valu qu'il aille à l'école, ce môme ? Il a bien fait, moi je vous le dis !

Quand il était môme, le soir, avant de le mettre au lit, je lui lisais *Les Aventures d'Huckleberry Finn*, de Mark Twain. Il adorait ça, j'ai dû le lui lire cent fois. Il est devenu une sorte d'Huckleberry, mon garçon... Il partait souvent dans la forêt avec mon père. Un vrai homme des bois, celui-là. Ils cherchaient l'ours kermode, vous savez, l'ours blanc qu'on ne voit jamais... Ça lui a fait un coup, quand il est mort... Il n'en n'a jamais parlé, mais j'ai bien vu le changement...

Il a toujours été à part, Colt, sensible, très sensible, vif, intelligent... avec, c'est vrai, parfois, de sacrés coups de blues, un peu comme moi. Ça, c'est depuis cette sale nuit, quand il avait trois ans, depuis que sa saleté de père a essayé de l'étrangler, une nuit où il avait sniffé du white-spirit, l'autre : il a cru que son petit garçon, c'était un démon.

Après, les cauchemars, ça n'a pas arrêté, il n'a plus jamais été le même. C'est à ce moment-là que ses coups de blues ont commencé. Avant, c'était un petit garçon comme un autre. C'est sûr, on vivait en caravane, mais bon... au bout d'un joli chemin, au milieu de la forêt, entouré d'arbres et d'animaux sauvages. Quand il était môme, il a eu un raton laveur apprivoisé. Il l'avait trouvé blessé, une patte cassée, au pied d'un rocher. Il y était très attaché. Un jour, son père l'a tué... à coups de pierre, un sale souvenir encore... Oui, ce type a fait notre malheur, on peut le dire. Je sais même pas s'il est mort ou vivant. Le pire, c'est que Colt lui ressemble, son portrait craché. Il était beau, tout de même, son père. On lui aurait donné le bon Dieu sans confession, comme à Colt. Pourtant, c'était le diable incarné.

Colt a poussé en liberté, comme un petit animal. C'est pour ça qu'il n'a jamais accepté d'être enfermé, d'aller à l'école, comme les autres enfants, ceux qui vivent bouclés toute l'année, dans des maisons. Il a toujours su se débrouiller. Depuis tout petit.

Tiens, je me souviens : un jour, on avait passé l'après-midi à la plage tous les deux. D'un coup, j'ai eu une sacrée migraine, j'ai dû rentrer à la caravane, dormir un peu… J'ai dormi trois bonnes heures, plus que je n'aurais voulu… Quand je suis retournée le chercher, il avait construit un campement avec des branches d'arbres et des sacs de toile qu'il avait trouvés je ne sais où. Il s'était installé pour passer la nuit, tout seul, et il avait pêché une trentaine de beaux crabes qu'il avait posés dans un rocher, au creux d'une flaque, pour qu'ils restent au frais.

Je lui ai demandé de choisir les cinq plus beaux, et de relâcher les autres : on n'allait pas manger trente crabes à nous deux !

Il avait plongé sans masque ni tuba, à seulement huit ans… Ça non plus, la plongée, personne lui a jamais appris. Ensuite, il a pris l'habitude de dormir dans les bois, tout seul, sous un abri qu'il fabriquait… Je le laissais faire. Au début, il s'installait tout à côté du mobile-home, et après, il est allé de plus en plus loin… À dix ans, il vivait sa vie d'homme des bois, comme il disait. Il se faisait du feu, il chassait, il pêchait, il se nourrissait tout seul, il n'allait plus jamais à l'école. C'est là que les services sociaux ont déboulé, et qu'on l'a mis en foyer.

On a dit que c'est parce que je le frappais… Mais ça, c'est pas vrai ! C'est faux ! Je l'ai jamais frappé ! Juste quelques gifles, comme tout le monde. J'en ai reçu dix fois plus ! Ils disent n'importe quoi, les journaux…

À la télé, un journaliste tête à claque a déclaré que j'étais une mère dénaturée, qui vit des allocs et qui picole toute la journée… C'est des mensonges ! Je travaille : l'hiver, je fais des ménages ; l'été, je suis serveuse, un métier qui en vaut bien un autre ! Ce qui l'a traumatisé, mon Colt, je m'en souviens très bien, c'est la fois où les flics l'ont ramené comme un criminel, avec son vélo dans le coffre, celui que je venais de lui offrir à Noël avec ma paye… Vu l'endroit où on vivait, ils étaient sûrs qu'il l'avait volé.

– C'est à votre fils, madame, ce vélo ?

Comment je les ai reçus, ces deux flics ! En partant, ils ne se sont même pas excusés. Colt était blanc de rage.

– Je me vengerai, maman, je me vengerai ! Je vais leur mettre la guerre, aux flics, tu vas voir…

Il a tenu parole… Alors faut pas m'en raconter, tout ce qui s'est passé par la suite, c'est la faute aux flics, pas la mienne ! Colt a tenu parole, il leur a fait la guerre, ils ne l'ont pas volé. Oui, je suis fière de mon fils, drôlement, même !

Sur toute l'île, il n'y a pas une mère qui soit plus fière de son enfant que moi… Qu'est-ce qu'il me manque, mon Colt !

Si je sais où il est ? Vous rigolez ou quoi !

Si vous croyez que je vais vous le dire, alors là !

Combien vous me donnez si je vous donne sa dernière cachette ? Mais non, je plaisante, oh la la… Imprimez pas ça surtout, dans votre foutu journal, je vais encore passer pour une mère dénaturée…

D'abord, pourquoi on le pourchasse, mon fils, il n'a jamais attaqué personne ! J'ai appris que les voisins ont créé une milice, pour l'attraper… Ils veulent le viser avec des seringues hypodermiques, et le faire tomber dans un piège, comme un grizzly… Franchement, ils me font peur, ces cinglés, ils sont capables de me le tuer… Alors j'ai décidé de lui offrir un gilet pare-balles pour son anniversaire – c'est bientôt, il faut que je le commande en ligne, et que je me débrouille pour le lui envoyer, sous un faux nom, en poste restante. Pas si facile, tout le monde sait à quoi il ressemble, mon Colton… Mais il sera assez malin pour passer inaperçu.

Ça me coûtera ce que ça me coûtera, je veux le meilleur modèle. Et il a intérêt à le mettre, croyez-moi.

C'est les gens qui sont fous, pas nous ! **"**

Les voisins - la milice

Sara P., une voisine rousse,
un peu forte, l'air hargneux,
la voix haut perchée, visiblement excédée,
debout devant sa maison peinte
en rouge sang, deux bois de cerf accrochés
sous le faîte du toit, un fusil de chasse à ses pieds :

❝ Le héros de la jeunesse rebelle ? Tu parles ! Il m'a volé un bateau, ce petit con… On l'a retrouvé à dix miles de là, il a fallu que j'aille le chercher… Il a pas intérêt à se montrer par ici. Si c'est moi qui le chope, dans la forêt, je le traite comme un animal : je lui colle une balle. **❞**

Paula X, une blonde en tablier de cuisine,
trop maquillée, femme au foyer, la voisine la plus
proche du mobile-home de la mère de Colt :

66 Quand il était môme, il entrait dans ma cuisine la nuit, il ouvrait mon congélo, et il me volait mes pizzas… À force, j'ai dû mettre un cadenas. Un cadenas au congélo : c'est un monde tout de même… Elle le nourrissait pas, sa mère, ou quoi ?

(*Soupir exaspéré.*)

Si elle s'était occupée de lui, on n'en serait pas arrivé là ! Il faut qu'on la vire de l'île, elle aussi… On a signé une pétition, entre voisins, pour ça… On n'a rien contre elle, a dit le shérif, on ne peut pas l'obliger à partir… On a épinglé la pétition sur la porte de son mobile-home, quelqu'un a même pendu son chat à une branche, juste en face de sa fenêtre… Ça, c'est excessif ; en même temps, elle ne l'a pas volé. Au moins, le message est clair, non ? Mais non, elle reste… Elle fait celle qui n'a rien vu, rien entendu. Personne ne lui dit plus bonjour, au village… Ça fait des années ! Elle ne va plus à l'épicerie, elle se fait livrer… Avec sa mère dans les parages, c'est sûr qu'il va revenir, ce Colt de malheur… Ce jour-là, croyez-moi, on l'attendra, et il regrettera d'être né. **99**

Le shérif d'Orcas, un brave type à bedaine,
un peu dépassé par les événements,
tente de calmer la colère de ses administrés :

66 Vous n'avez pas le droit de vous faire justice tout seuls, les gars… Laissez-le-nous, on s'en occupe, s'il pointe le bout de son nez. Il ne va pas s'en tirer comme ça… On lui a tendu un piège, l'île est surveillée, les plages, les maisons et les bois… L'aérodrome, on n'en parle même pas… Il ne

peut pas nous échapper, cette fois : finie la cavale, Colton !
On va te mettre à l'ombre pour quelques années, ça va te
calmer. Je sais bien que vous avez organisé des rondes entre
vous, avec ces fusils… Je vous interdis de l'abattre, vous
m'entendez ? Si vous le voyez, vous m'appelez sur mon
portable jour et nuit, je m'en occupe… Si vous le flinguez,
vous allez en faire un martyr, et on aura tout le monde à
dos… C'est ça que vous voulez ? Il est devenu célèbre dans
le monde entier, ce démon ! Même ma fille est sa fan sur
FB. Il a des amis dans le monde entier, elle m'a dit. Une
calamité… Vous imaginez un peu, s'il lui arrive quelque
chose ? C'est moi qui vais trinquer, pas vous ! **"**

Les autres haussent les épaules, ils sortent du bar prin-
cipal de l'île en tenue de chasseur, le fusil sur l'épaule,
« Le Fisherman », celui où la mère de Colt leur a servi
des bières pendant tant d'étés… D'ailleurs, on a même dit
que le père de Colt, c'était l'un d'eux en vérité, un homme
marié… Mais on dit tant de choses, dans ces îles : les gens
n'ont rien d'autre à faire que parler, les femmes surtout.
Les hommes, à force de tourner en rond, ils deviennent
violents… S'ils mettent la main sur lui, ils l'abattront
comme un coyote, le shérif le sait très bien.

C'est d'ailleurs comme ça qu'ils l'appellent ici, Colton :
le coyote, ou l'Indien. Qu'il soit encore un môme, ça
change rien, pour eux : c'est l'homme à abattre, l'ennemi
numéro un.

Le collage *unhappy birthday*

Colton, morose, dans un peignoir bleu trop grand pour lui, couché sur un tapis, un carton de pizza à ses pieds, dans une maison cosy, regardant le plafond.

❝ Aujourd'hui, c'est le 22 mars. J'aime pas trop cette date-là, c'est le jour où je suis né, ça me fout toujours le bourdon, je sais pas pourquoi, même quand j'étais môme. Je demandais à Mo de m'offrir des cadeaux la veille, ou le lendemain, si elle en avait… Ce qui n'était pas toujours le cas… N'importe quel jour, mais surtout pas celui-là.

Ça doit avoir un rapport avec mon foutu père encore, mais je sais plus trop, je m'en rappelle plus, je préfère pas fouiller.

Cette nuit, je suis entré dans une belle maison en bois de cèdre, avec tout ce qu'il faut à l'intérieur : tapis, écran géant, plein de films super et tout et tout... Il m'a suffi d'escalader la façade pour entrer : la fenêtre d'en haut n'était même pas fermée, elle battait en plein vent, à croire qu'elle m'invitait.

J'étais trempé, à moitié mort de froid, j'ai branché l'électricité, je me suis pris un bain brûlant dans le jacuzzi, avec tout un tube de bain moussant parfumé... J'y suis resté des heures, je me suis récuré de la tête aux pieds, coupé les cheveux et tout... J'ai trouvé une pizza quatre fromages dans le congélo, je l'ai mise au micro-ondes, avalée en trois secondes : « *Unhappy birthday*, Colton ! », je me suis souhaité dans le miroir, comme mon père me disait chaque année. Il trouvait ça drôle, moi ça me faisait pleurer, mais jamais devant lui, ça lui aurait fait trop plaisir. J'ai mis un super-peignoir, j'avais envie de faire un bon feu, le tas de bois était tout prêt dans la cheminée... Je me suis retenu, rien de mieux pour se faire repérer.

Dommage, ça m'aurait bien plu.

Après, j'ai avalé un triple cheeseburger avec des frites – leur congélo est plein à craquer à ces gens-là, ça doit être une famille nombreuse, à voir les photos et toute la bouffe qu'il y a... Ils ne s'en apercevront même pas !

Après, je me suis assis devant le tas de journaux avec de la colle et des ciseaux, et j'ai fait un collage, comme quand j'étais gosse. Une envie, comme ça.

Ça m'était pas arrivé depuis que j'étais à la prison de Griffin Home. Ce truc qu'ils appelaient foyer, mais qui était une vraie prison pour mineurs, la dernière dont je me suis évadé.

Je faisais souvent des collages là-bas, un conseil de mon éduc, celle qui m'appelait Birdy, la seule qui m'aimait. Moi aussi, je l'aimais bien, je la respectais. Je lui en ai fait des dizaines, de collages. Elle les a tous gardés, c'était des cadeaux, je les faisais pour elle… Je me demande ce qu'elle pense de ma cavale, Michelle. Tiens, ce collage, c'est pour elle, je vais le prendre en photo et le lui envoyer, j'ai toujours son adresse mail, je vais lui raconter ma cavale en images, tout ce qui m'est arrivé depuis que je me suis évadé de Griffin Home, jour béni. **"**

Sur la feuille de papier, Colton a collé la photo d'un Cessna, en grand, entouré d'un portable, un iBook dernier cri, des photos de pub… Un gâteau de fraises à la crème, une Lancia, des mots d'argent : GET MORE - GET MONEY - NO MISTAKE… Un bateau de luxe, des noms de marque : Gucci, Hugo Boss, Armani, la crème des vêtements pour homme… DOLLARS ? MONEY ? une pub Häagen Dazs… Et en énorme, à côté du Cessna : le mot PASSION. Tout en bas, en petit : MEXICO. La destination de tous les cavaleurs, depuis les débuts de l'histoire des États-Unis. La destination finale du voleur aux pieds nus ?

Colton a posé sa tête sur ses épaules, il s'est endormi à côté du collage, il a encore les ciseaux à la main. Un loir passe sur une poutre à toute allure, s'arrête un instant pour observer Colton assoupi, tend la tête vers lui, et repart, disparaît dans un trou, par le toit.

Helen, la femme flic

La femme flic, grande, blonde, costaud, les yeux gris-vert, cheveux courts, châtain roux, bouclés, avec des mèches grises, une voix chaleureuse :

" En pleine nuit, en se réveillant, Colt a craqué : il a eu froid, il s'est senti seul, il a fait un feu. Un petit feu, avec du bois bien sec, le genre qui fait peu de fumée, mais tout de même… Une voisine qui ne dormait pas a vu la fumée… Elle a aussitôt appelé la police d'Orcas, qui est arrivée très vite sur les lieux. Il a entendu la voiture, il a eu le temps de filer par la fenêtre, il a laissé le collage sur la table, avec les ciseaux, les magazines découpés et la colle… Pas la peine de se demander qui en était l'auteur, c'était signé. Le collage, et aussi les empreintes de pieds nus dans l'entrée.

C'est moi qui étais de patrouille cette nuit-là. À peine j'étais entrée dans la maison, j'ai su qui était venu, j'ai senti qu'il venait de repartir. Je ne devrais pas le dire, vu ma fonction, mais j'étais soulagée qu'il ait déjà filé. Entre mes dents, j'ai sifflé : « Fly, Colton, fly… » Colt, je le connais depuis qu'il est né, et même avant, si je puis dire : sa mère, Mo, était à l'école avec moi, à Orcas… On a fait les quatre cents coups sur l'île toutes les deux. Moi, j'étais d'une famille convenable, pas elle. Son père trafiquait on ne sait quoi, toujours dans les bois, sa mère s'était tirée. Elle vivait avec son vieux dans un mobile-home, déjà… Souvent seule, dans sa caravane, tandis que son père vadrouillait, et ça, ça me fascinait… Elle était belle quand elle était jeune. Dès qu'elle a eu quinze ans, tous les types lui tournaient autour, elle en faisait bien cinq de plus… Elle aurait eu le choix, il y avait des types bien, dans le lot… Ceux-là, elle en voulait pas, trop sérieux, trop ennuyeux pour elle…

Moi, c'est un de ceux-là que j'ai choisi, pour faire ma vie… Je ne l'ai pas regretté. Elle, elle a pris un voyou, beau comme tout, David, l'air tout doux, une brute en fait… Il l'a vite battue, il buvait, il se droguait, il lui prenait l'argent qu'elle gagnait. C'est lui le père de Colton.

Elle tire une taffe.

Moi je l'aimais bien, ce gosse… Quand Mo m'a raconté que David avait voulu l'étrangler, et qu'elle l'en avait empêché de justesse… je me souviens très bien, j'ai pensé : « Pauvre petit, qu'est-ce qu'il va devenir avec une histoire pareille ? »…

J'étais enceinte de mon premier à ce moment-là. J'ai passé le concours de la police, on a arrêté de se voir, Mo et moi, mais je prenais toujours des nouvelles de Colton… Tout le monde se connaît dans les îles… Ses premières fugues, j'ai été au courant, les vols de pizza aussi, chez les voisins, ces bêtises qui rendaient les gens enragés… Je me disais : « Il a le diable au corps, comme son père… » En même temps, j'étais contente qu'il ne se fasse pas pincer. Et puis il avait faim, sûrement. Ou alors quelque chose à prouver ?

À chaque fois que les voisins m'appelaient, je leur faisais comprendre qu'on avait d'autres coyotes à fouetter, nous les flics. Et là, j'apprends que ce môme, qui n'est jamais monté dans un avion de sa vie – sa mère non plus, d'ailleurs –, il a volé un Cessna, et puis un autre, et encore un autre, et qu'il rend tout le monde enragé… Quand je vois sa photo sur les murs du poste de police, la récompense de cinq mille dollars, passée à dix mille cette année, je me dis : « Mince, t'as fait du chemin, Colton… » Il rend les gens des îles fous furieux, en même temps il n'a jamais fait de mal à personne. On ne le voit jamais, mais je sais bien qu'il va falloir l'attraper, sinon les gens vont se faire justice eux-mêmes, je les connais…

Ils organisent des rondes, des battues, ils creusent des fosses à ours un peu partout dans la forêt… Seulement l'ourson en question, c'est le fils de mon amie d'enfance, celle qui n'a pas eu de chance, celle qui était si drôle et si jolie.

Drôle, elle l'est toujours, à ce qui paraît.

Jolie, ça reste à voir, on m'a dit que l'alcool l'a bien abîmée, et aussi les épreuves, la misère, les années.

J'aurais bien voulu l'aider, quand Colton a commencé à fuguer, mais elle fermait sa porte à tout le monde. **"**

Elle se penche sur la table, regarde le collage.

– Pas mal, pas mal… T'es doué en tout, Colton…

Elle voit une petite phrase, sous la glace Häagen Dazs :
« Too much pleasure »…

Elle hoche la tête, pensive…

« TOO MUCH PLEASURE »…

TOO MUCH PLEASURE
Dans le mobile-home

Helen écarte d'un revers de la main l'amas posé
sur la table de camping, déroule le collage.
Mo est assise en face d'elle, clope au bec,
jambes écartées, comme un mec,
sur une chaise à moitié déglinguée,
trouvée à la décharge, comme à peu près
tout ce qu'il y a ici.
On trouve des trucs pas mal
à la décharge, ceci dit... Faut pas croire,
ils jettent n'importe quoi, les gens sur l'île.

Helen ne dit rien, Mo a tout de suite compris. Elle a les
yeux qui se mouillent, les larmes ruissellent sur ses joues,
elle ne pense même pas à les essuyer.

Elle se penche sur la feuille, pose ses doigts sur le Cessna, sur le mot « passion », s'essuie les yeux d'un revers du poing.

– T'as trouvé ça où, Helen ?

Puis, la gorge nouée :

– Tu l'as vu ?

Helen hoche la tête.

– Penses-tu… Tu le connais, ton Colt… Il a joué la fille de l'air, une fois de plus.

Mo soupire.

– Tu sais, là, ça commence à se gâter. Fini de jouer… Les gens sont enragés, par ici… Tu les connais… Ils finiront par l'avoir. Il va se fatiguer, ton Colt… Il va commettre une erreur. J'ai l'impression qu'il est fatigué. Déjà, il laisse ce collage derrière lui, il fait du feu dans la cheminée. Un peu plus, je tombais dessus… Il aurait mieux valu, d'ailleurs. J'en ai entendu, par ici, qui parlent de lui faire la peau, ils sont excédés. Ça fait trop d'années que ça dure, Mo… Il faudrait qu'il se rende, ton fils… Sans ça, je ne réponds plus de rien, je n'arriverai pas à le tenir.

Mo hausse les épaules, les yeux perdus sur le collage.

Sa peau est fatiguée, mais ses grands yeux bleu sombre n'ont rien perdu de leur beauté. Et quand elle les braque sur Helen, ce regard si intense, qui revient de loin… Helen se sent transportée des années en arrière, quand tout était encore possible. Maintenant, c'est trop tard, les jeux sont faits.

– Tu sais comment le joindre, ton fils ? T'as un moyen ?

Mo secoue la tête.

— Penses-tu… Il crée une nouvelle boîte mail tous les jours, il a un logiciel pour tout effacer. Il a toujours été hyper doué en informatique, tu te souviens ? Même avant de savoir lire et écrire… Alors maintenant… Je sais pas quoi te dire, Helen.

Helen se lève.

— Alors, ne dis rien, Mo. Je te laisse le collage, je ne devrais pas. Je ne suis jamais venue te voir, je ne t'ai rien amené. D'accord ? Je risque gros, moi. Tu sais que Craig a perdu son boulot à la scierie, et qu'on a trois gosses à nourrir encore…

— T'inquiète, je me ferais découper en morceaux, plutôt.

— Dis-moi si tu as de ses nouvelles, d'accord ? Tu m'appelles sur mon portable perso.

Elle pose une carte sur la table, et s'en va.

Elle se retourne une dernière fois.

— En souvenir du bon vieux temps…

L'éduc et le journaliste

Une femme, la trentaine, petite, ronde,
en pétard, les yeux bleus, cheveux noirs,
sourcils froncés, assise devant un bureau couvert de
papiers ; en face d'elle, un type en jean,
la quarantaine, barbichu, un stylo à la main.
La fille a la main posée à plat sur un dossier épais
comme un pot de beurre de cacahuètes.

— Vous voyez ce dossier ? Ça, c'est tout ce qui concerne Colton Harris-Moore à Forter Green. Et je ne vous parle pas des autres foyers par où il est passé !

L'homme, rongeant son crayon :

— Foyer ou prison ?

La femme balaie la question du revers de la main.

– Foyer, prison… Appelez ça comme vous voulez… Les mômes qu'on nous amène ici, ils ont fait des conneries, on estime qu'ils sont dangereux pour eux-mêmes ou pour la société, ils n'ont pas le droit de sortir, on est là pour les éduquer.

– Les éduquer ou les surveiller ?

– Appelez ça comme vous voudrez !

Elle sourit.

– Les deux, je dirai. Je connais son dossier par cœur, j'ai même pas besoin de le consulter. À huit ans, il a cambriolé son école, c'est la première fois qu'il a été fiché, il a volé du matériel de dessin, laissé un grand dessin à la craie sur le tableau, très coloré. Regardez, il y a même une photo : « FUCK THE POLICE ». À partir de là, il a pas arrêté.

– C'est-à-dire…

La fille fait craquer ses doigts sur la table.

– Vol, vol, vol : tout et n'importe quoi. Ça a commencé par des pizzas et des glaces Häagen Dazs dans le congélo du voisin…

Le journaliste, étonné :

– Il a déposé une plainte pour ça ? Vol de pizza et de glace au chocolat ? Et la police a enregistré ça ?

– Faut croire… Ensuite, il est passé à plus sérieux, toujours chez les voisins, mais de plus en plus loin. Matériel informatique, jeux vidéo, Playstation, Game-boy… Des trucs de môme… en veux-tu en voilà. Quand on lui demandait : « Mais pourquoi tu fais ça ? », il répondait : « Je sais pas, c'est plus fort que moi, je peux pas m'en empêcher. »

Le journaliste :

— Ce ne serait pas un cleptomane, tout simplement, notre oiseau ? Ça se soigne, non ? Ça ne s'enferme pas !

L'éduc, l'air ennuyé :

— Je suis bien d'accord ! Mais allez expliquer ça aux gens qu'il a volés… À dix ans, on l'a placé en foyer, il s'est évadé. C'est là qu'il est passé à la vitesse supérieure : les voitures, uniquement des modèles de luxe, il a dû en voler au moins soixante, en moins d'une année.

— Soixante ?

— Au bas mot.

Le journaliste, sifflant entre ses dents :

— À dix ans ? Pas mal… Et ensuite ?

— Ensuite, il a eu sa période bateau : hors-bord, vedettes, scooters des mers… Tout ce qui va vite, et qui fait du bruit. Il s'est fait pincer, c'est là qu'on nous l'a amené, à douze ans. Il s'est évadé pour de bon à quatorze ans, et c'est là qu'il s'est mis à voler des avions : un, puis deux, puis trois… uniquement des Cessna. C'est à ce moment-là que la prime a doublé : elle est passé de 5 000 dollars à 10 000.

Le journaliste, amusé :

— Mort ou vif ?

— Ça vous fait rire ? Moi, ça ne m'amuse pas tellement… On voit que vous ne connaissez pas les gens, par ici…

— Quels rapports vous aviez avec ce gamin ?

— Je l'aimais beaucoup. Un gosse brillant, vif, très perturbé, agité parfois, mais gentil comme tout quand on savait le prendre.

— Et vous saviez le faire ?

— Oui. Il faisait des dessins superbes, très colorés, et des collages hallucinants, vraiment. Il aurait pu devenir un artiste, au lieu d'un voleur, si la vie en avait décidé autrement.

— Vous pourriez m'en montrer quelques-uns, de ces collages ?

— Je ne les ai pas gardés au bureau, il y en avait trop, ils sont trop grands, je les ai emmenés chez moi.

— Vous me les montreriez, si je vous invitais à dîner ?

L'éduc, amusée :

— Vous êtes direct, vous, au moins… Il s'appelle comment déjà, votre journal ?

— *L'Outsider*. On y va ?

La fille se lève.

— On y va.

Se ravisant, un doigt sur la bouche :

— Je me fais du souci pour Colton, vous savez… Je me demande comment elle va se terminer, cette histoire…

Le journaliste :

— Moi aussi, figurez-vous.

Colton dans la forêt : derniers jours
(l'ours kermode)

Depuis la nuit du collage,
la nuit où Helen est passée, Colton sait que ses jours
de liberté sont comptés. L'étau se resserre…
L'hiver touche à sa fin, mais le printemps
semble encore loin ; il est épuisé, à bout de forces,
sa belle énergie l'a quitté.

Il le savait : dès qu'il arrêterait de cavaler, les chiens seraient sur lui. Il les entend aboyer, la nuit, seul dans le noir : les chiens humains… Ce sont les pires, les chiens attachés, ceux à qui on ôte leur muselière, avant de les lâcher.

Cette fois, ils ne le lâcheront pas, il leur en a trop fait voir, le voleur aux pieds nus, ils sont sur ses traces, ils ne le lâcheront pas. Dès qu'il s'arrête, il se sent perdu.

Il a tout fait, tout… Qu'est-ce qu'il lui reste à prouver ?… Qu'il peut vivre libre ?

Et s'il s'était forgé une autre prison, à force, en fuyant l'autre, celle de Forton Hill… une prison faite de solitude et de vitesse ? Les garçons de son âge ont des amis, une petite copine, ils font des études, ils apprennent un travail, ils ont une famille, un toit, un abri, quelque chose… Lui n'a rien, personne, à part 40 000 fans sur Facebook, qui lui envoient des messages insensés. Il représente quoi, pour eux ? Un rêve, une illusion, un rebelle sans cause, la fureur de vivre… Allez savoir. Chacun voit ce qu'il veut, en Colton…

Lui, il ne sait plus où il en est, il ne sait plus qui il est…

Le voleur aux pieds nus…

Pour la première fois, il sent le poids de sa solitude lui tomber dessus, c'est comme un manteau de pierre jeté sur ses épaules. Quelqu'un serre des mains d'acier autour de son cou, l'empêche de respirer. Il suffoque, il manque d'air, il se réveille en sursaut la nuit, dans la forêt, sous sa bâche verte… Il a plu toute la nuit, la bâche est pleine d'eau, il a froid, il a faim, il ne sait plus quoi faire, où aller, il entend les chiens hurler.

Il est dans la forêt. À sa droite, les maisons, hostiles ; à sa gauche, l'océan accueillant, les falaises… Il sait qu'ils sont sur ses traces, il le sent, ils sont sur lui, bientôt, demain, cette nuit, ils vont l'attraper. Ce n'est pas les flics qui lui font peur, ce sont les gens, les gens normaux, ceux qui l'ont toujours regardé de travers, ceux qui disent du mal de lui et de sa mère, la traînée, depuis toujours…

Ceux qui pensent sans doute que si son père avait serré ses mains plus fort autour de son cou d'enfant, ceux qui pensent tout haut que si sa mère n'était pas venue le sauver, on en serait débarrassé, on n'aurait jamais connu le petit voleur aux pieds nus, et ça n'aurait pas été plus mal.

Mais il n'est pas trop tard pour débarrasser le monde d'un petit voleur… Une balle perdue…

Colton remballe sa bâche, la laisse sur place, il ne prend même pas ses affaires, à quoi bon… Il n'a plus le courage de fuir, à quoi bon cavaler, on ne se fuit pas soi-même, on n'échappe pas à son passé, ni à son destin.

Il s'arrête, et tout son passé lui revient au visage, lui saute à la gorge, comme un chien enragé.

Les falaises… Qu'est-ce qui lui reste, si ce n'est les falaises, le grand saut, l'oubli de l'océan ?…

Il s'avance, marche à pas lents, droit devant lui, sans hésiter, écarte les branches… Alors qu'il se dirige vers l'océan, il entend des craquements, sous les branches, sur le côté, il distingue une forme blanche, il se penche…

Et là, entre les arbres, qu'est-ce qu'il voit ?… Il n'en croit pas ses yeux… Mais non, il ne rêve pas… Cette masse lourde, poilue, couleur glace à la vanille… c'est l'ours kermode.

L'ours à poil clair de ses rêves d'enfant, pas l'ours blanc non, l'ours brun, à fourrure livide… modifié génétiquement, celui à qui les Indiens d'ici prêtent des pouvoirs magiques, celui qu'il a cherché tout enfant dans la forêt avec son grand-père, qui devait lui donner sa montre, et qui n'en a pas eu le temps, le seul qui était là, pour lui seul, tout le temps, mais qui est parti trop tôt, bien trop tôt.

L'ours kermode…

Combien de fois ils ont marché dans la forêt, Tim et lui, en catimini, le soir, parlant à voix basse, filant comme des loups, à pas de mousse, dormant sous les branches, à la recherche de l'ours couleur vanille…

– Si tu le vois, surtout, tu ne bouges pas, tu ne dis rien, pas un geste. Tu le regardes bien et tu fais un vœu…

Des années, ils l'ont cherché, toute sa courte enfance, jusqu'à ce triste été de ses sept ans, quand on l'a enterré, Tim, qui n'était même pas vieux. Qu'est-ce qu'il a pu le pleurer… Trois jours et trois nuits, il ne pouvait plus s'arrêter.

C'est là qu'il a commencé à partir dans la forêt, à fuguer, tout seul, sans rien dire à personne, même à Mo.

L'ours kermode…

À force de ne jamais le voir, pendant toutes ces années, il se demandait si ce n'était pas une légende… une de ces histoires inventées par Tim, menteur invétéré.

Grand buveur, aussi… sauf quand il était avec Colt.

Devant l'enfant, il ne buvait jamais…

La tache claire, là… Non, il ne rêve pas, il a même le temps de prendre une photo.

L'ours pâle, débusqué, fait volte-face, se dresse sur ses pattes arrière, le fixe, écarte ses grosses pattes avant, grogne…

Colt devrait avoir peur, grimper à l'arbre, courir, sauter, fuir… L'ours pourrait le charger… d'un coup de patte, lui arracher la tête… Mais non, il ne bouge pas.

Qu'est-ce qu'il attend ? Qu'il en finisse, l'ours… Après tout, ce ne serait pas plus mal. C'est une ourse, d'ailleurs… Il la voit, qui protège son petit, une chose claire en fourrure, grande comme un enfant assis : l'ourse et son petit.

Il marche vers elle…

Il entend les chiens aboyer, de plus en plus fort, la meute se rapproche, des voix d'hommes, des cris… Il en a assez, qu'on en finisse, qu'on l'attrape, qu'on en finisse… Ce moment qu'il redoutait tellement, il est presque soulagé qu'il arrive.

Tel le daim, coursé par la meute des heures durant, coincé contre un rocher, à bout de forces, les yeux rouges, l'écume aux lèvres, qui, fatigué de fuir, offre ses flancs aux chiens…

La tête entre les mains, Colt attend le déclic…

Les pas se rapprochent… Il ne veut pas voir la balle qui l'arrêtera. Il sait qu'ils sont là, a meute des voisins, tous ceux qu'il a volés, nargués, défiés… Ceux qui creusent des fosses à ours pour le piéger, qui arment leurs fusils le soir, et guettent sa silhouette… Ils sont là, ils n'auront nulle pitié. Chasse à l'homme… un petit d'homme.

Une main de femme se pose sur son épaule, une voix ferme, bienveillante :

– Colt, Colt ? Tu me reconnais ? C'est moi, Helen… Je suis une amie de ta mère. Tu te souviens de moi ?

De beaux yeux verts, un regard doux, l'uniforme bleu sombre de la police…

Colt soupire, il jette aux pieds d'Helen le revolver trouvé dans un tiroir, fourré au fond de sa poche, sa main serrée sur la crosse… Ces dernières nuits, son idée fixe, c'était de mourir plutôt que de se rendre… Eh bien non, ça n'est pas si simple, il préfère vivre… La voix douce a eu raison de lui.

Helen se penche, s'agenouille, elle pose la tête de Colt sur ses épaules, l'enfant perdu, le petit voleur aux pieds nus, qui pleure enfin… Elle lui frotte la tête, sans fin.

— Pleure, va, pleure enfin, petit voleur… La cavale est terminée.

Les menottes, elle les lui passera plus tard, dans la voiture… Elle sait qu'il ne s'enfuira pas.

Elle le prend sur elle ; s'il s'enfuit, tant pis, ce sera de sa faute à elle… Mais il reste là, près d'elle, immobile, la tête posée sur son épaule… Comme si ces deux ans de cavale n'avaient jamais existé. Le voilà redevenu un enfant, et plus un daim humain pourchassé par la meute.

Ainsi prend fin la course éperdue de Colton Harris-Moore, dit Colt, l'enfant qui volait des avions, des voitures de luxe, des bateaux, des pizzas, des glaces au chocolat… le petit voleur aux pieds nus, le môme à gueule d'ange, celui qui a tenu en haleine toutes les polices de la région nord-ouest des États-Unis pendant des années, FBI inclus, celui qui a vécu seul comme un chien-loup blessé dans la forêt, avec plus de 40 000 amis sur Facebook, des milliers de fans dans le monde entier. Combien de T-shirts vendus, avec ces trois mots imprimés en noir sur fond rouge : « Fly, Colton, Fly » !

Et sa tête de môme en logo par-dessus…

Colt, la cavale est finie, tu vas enfin pouvoir *respirer.*

Colton Harris-Moore, le bandit aux pieds nus,
a été arrêté le 11 juillet 2010,
après des années de cavale éperdue.

Ouvrage réalisé par
Cédric Cailhol Infographiste.

Reproduit et achevé d'imprimer
par l'Imprimerie France-Quercy à Mercuès
en janvier 2011.

Dépôt légal : **mars 2011**
N° d'impression : **10041/**
ISBN : **978-2-8126-0203-0**

Imprimé en France